Marc Cou

La magie
de la coupe Stanley

Illustrations
Nadia Berghella

Collection Oiseau-mouche

Éditions du Phœnix

D1431456

© 2012 Éditions du Phœnix

Imprimé au Canada
Illustrations : Nadia Berghella
Graphisme de la couverture : Guadalupe Trejo
Graphisme de l'intérieur : Hélène Meunier
Révision linguistique : Madeleine Vincent
Éditions du Phoenix
206, rue Laurier
L'île Bizard (Montréal)
(Québec) Canada H9C 2W9
Tél.: 514 696-7381 Téléc.: 514 696-7685
www.editionsduphoenix.com

Catalogage avant publication de Bibliothèque et Archives
nationales du Québec et Bibliothèque et Archives
Canada

Couture, Marc

La magie de la coupe Stanley

(Collection Oiseau-mouche ; 15)
Pour enfants de 6 ans et plus.
ISBN 978-2-923425-63-4

I. Berghella, Nadia. II. Titre. III. Collection: Collection
Oiseau-mouche ; 15.

PS8605.O921M33 2012   jC843'.6   C2011-942919-5
PS9605.O921M33 2012
Réimpression 2012

Nous remercions la SODEC de l'aide accordée à notre
programme de publication. Nous reconnaissons l'aide
financière du gouvernement du Canada par l'entremise du
Fonds du livre du Canada pour nos activités d'édition à
notre programme de publication.
Nous sollicitons également le Conseil des Arts du Canada.
Les Éditions du Phoenix bénéficient également du
Programme de crédit d'impôts pour l'édition de livres -
Gestion SODEC - du gouvernement du Québec.

Marc Couture

La magie
de la coupe Stanley

Éditions du Phœnix

Du même auteur chez Phœnix :

La médaille perdue,
coll. Œil-de-chat, 2006.

Une épouvantable saison,
coll. Œil-de-chat, 2008.

La coupe Stanley,
coll. Oiseau-mouche, 2009.

Le retour de Bruno,
coll. Œil-de-chat, 2010.

La transformation de Bruno,
coll. Œil-de-chat, 2011.

Für Grosi

1

Un nouveau mystère

De retour de Toronto, je reprends ma routine habituelle. Et je me sens mélancolique. Après avoir vécu de si fortes émotions, je crois que c'est un peu normal. Je n'imaginais pas le Temple de la renommée comme ça ! Ma visite là-bas continue de m'émerveiller, même après plusieurs mois. J'en garde un souvenir inoubliable… J'adore cet endroit. J'ai surtout hâte d'y retourner. Je brûle d'impatience de revoir la coupe Stanley! Mais mon père ne me permettra jamais d'y aller une autre fois. Même si le trophée est encore dans son laboratoire. C'est pourtant moi qui ai résolu le mystère de la coupe Stanley! C'est aussi grâce à moi s'il est devenu le restaurateur attitré de cet objet exceptionnel.

En attendant cette nouvelle occasion, je vais à l'école et, comme tous les sages petits garçons de mon âge, je fais assidûment mes leçons et mes devoirs. Après, et seulement après que mon père a vérifié que je me suis bien appliqué, je peux aller jouer à l'extérieur avec mes amis. Mon jeu favori est bien sûr le hockey-balle dans la rue. Nous nous regroupons, moi et plusieurs enfants du quartier, devant chez moi et nous disputons de belles parties, dignes de la Ligue nationale.

Nous arborons fièrement le chandail de nos équipes préférées. Je dois dire que l'on porte presque tous sans exception le chandail du Canadien de Montréal. Quelques irréductibles revêtent celui des Sénateurs d'Ottawa. Cela provoque toujours des huées de mécontentement, mais surtout de grands éclats de rire et quelques bousculades amicales. Moi aussi, j'endosse le chandail du Canadien. Parfois, j'enfile également et fièrement le gilet de ma propre équipe de hockey junior. Je sais, je ne devrais pas, car je pourrais l'abîmer. J'adore jouer au hockey sur glace. Les soirs de la semaine, je m'ennuie de mes patins.

Le froid de l'aréna, le cri des spectateurs et surtout le bruit retentissant de chaque coup de sifflet de l'arbitre lorsque je marque un but me manquent. Depuis que j'ai résolu le mystère de la coupe Stanley, je suis devenu, comme par magie, le meilleur compteur de mon équipe. J'en ai surpris plus d'un avec mes tirs au but et mes superbes lancers frappés. Je déjoue le gardien de l'équipe adverse comme jamais auparavant. Je suis devenu le numéro un de mon équipe! N'en déplaise à Finn, notre capitaine et joueur le plus vantard de l'équipe. Mon père aussi en rougit de fierté. Comment expliquer ce soudain changement de calibre? Mon entraîneur et mes coéquipiers en sont abasourdis tout autant que moi.

Trop occupé à apprécier nos victoires hebdomadaires, je ne me suis jamais arrêté, même pas un seul instant, pour essayer de comprendre ce phénomène. Plus j'y réfléchis, plus je soupçonne un mystérieux secret ! Moi, Julien, l'expert en résolution de mystères, je trouverai la réponse. Je vais finalement pouvoir donner une explication et répondre à ces incessantes questions que tout le monde me pose. J'y arriverai. Après tout, c'est moi qui ai éclairci l'énigme au sujet de la disparition des noms des joueurs du Canadien de Montréal sur la coupe Stanley !

2

Et si la coupe Stanley était magique ?

Après une partie bien disputée, où j'ai marqué sans difficulté un but de plus que Finn, celui-ci me demande :

— Hé Julien, quel est ton secret ?

Je perçois un brin de jalousie dans ses yeux et de l'agacement dans sa voix. J'exprime ma pensée par un haussement d'épaules. Je n'en sais rien. Et c'est la vérité !

— On ne devient pas le meilleur compteur d'une équipe juste comme ça ! ajoute mon entraîneur.

Je réponds sans conviction à la question de Finn :

— Mon entraînement quotidien y est sûrement pour quelque chose.

C'est, je le jure, l'unique effort que je fais pour m'améliorer. Plusieurs de mes amis, désireux d'imiter mon succès retentissant, ont commencé à suivre mon exemple, sans pourtant obtenir les mêmes prouesses que moi. Des tractions, des redressements assis, de la course, ils ont tout essayé. Même mon père n'y comprend rien. Il suppose que le fait de m'avoir lancé le défi de marquer dix buts l'année passée en serait la raison. Au début de la saison, il pensait que j'en serais incapable, que ce serait un objectif insurmontable. Et qu'il éviterait ainsi un voyage à Toronto. Mais contre toute attente, j'ai réussi.

Seulement voilà, après ma visite à Toronto, j'ai continué de progresser. J'ai maintenant vingt buts à mon actif! J'ai même dépassé Finn en tant que meilleur marqueur de notre équipe, ce qui m'apparaissait comme une mission impossible! À chacune de mes parties, je m'approche du meilleur marqueur de la Ligue. Et tous ces exploits, je les réussis sans effort! Mais comment est-ce possible? Mystère!

Je fais l'envie de tous mes coéquipiers. Je reçois des tapes dans le dos, des centaines de bravos et des dizaines de mercis. C'est pour cette raison que je porte fièrement le chandail de mon équipe, en jouant au hockey-balle dans la rue.

Ma mère me répète toujours la même chose. « Fais attention, ne deviens pas vaniteux. » Elle a raison, je ne veux pas un jour être vantard comme Finn. Je la rassure en lui disant que je désire garder tous mes amis. Sur la glace, je leur fais de multiples passes. Dans le vestiaire, je ne me glorifie pas de mes exploits. Malgré cela, leurs yeux brillent de jalousie. Pas étonnant, c'est mon nom que les spectateurs crient dans les estrades : Julien, Julien, Julien. C'est moi qui récolte les honneurs.

Devenir un meilleur joueur de hockey n'a rien de bien mystérieux, dit mon père après chaque partie. « Tu travailles fort, tu trimes dur. Tu y tenais tellement à te rendre à Toronto pour visiter le Temple de la renommée. Voir la coupe Stanley, c'était ton rêve! Alors, tu t'es amélioré! Voilà tout. Il n'y a rien à comprendre. Tu as accompli des progrès considérables pour y arriver. Un point c'est tout! Dans la vie, quand on a un but… »

Il a sûrement raison, car il a toujours raison, mon père; mais parfois, je me mets à douter moi-même… C'est anormal, tout ça. Mes amis le pensent aussi. Il y en a même qui prétendent que je triche. Comment peut-on tricher au hockey? Vraiment, ils disent n'importe quoi! Je n'ajoute pas de poudre protéinée dans mes céréales le matin. Je ne prends pas de leçons privées comme tant d'autres. Je ne participe pas à des camps d'entraî-nement. En réalité, je ne fais rien de spécial. Rien du tout! Tout ce que je sais, c'est que mes prouesses ont débuté dès mon retour de Toronto. Est-ce seulement une coïncidence?

Ce soir, après mon rituel du bain et du brossage de dents, au cas où la fée viendrait, je vais au lit avec mon recueil de poésie. Celui que j'ai choisi à la biblio-thèque de l'école s'intitule : *Les Mille et Une nuits*.

Ça me détend avant de m'endormir. À vrai dire, je fais d'une pierre deux coups. Mon professeur m'a recommandé quinze minutes de lecture obligatoire chaque jour. Mes parents doivent ensuite signer mon carnet comme preuve de ma fidélité. Alors, autant feuilleter un livre agréable.

Les aventures d'Aladin sont passionnantes. Je suis bien content. Pour une fois, j'ai fait un bon choix de livre. Je n'arrive pas à le fermer. Je me résigne à le déposer après une demi-heure, car ma mère vient éteindre ma lampe de chevet. Comme à l'habitude, elle me souhaite bonne nuit. Je baisse les paupières tout en pensant aux vœux que je ferais si j'étais à la place d'Aladin. Lui, il voulait la richesse, un royaume et surtout la main de la princesse du sultan. Évidemment, je ferais le souhait de jouer dans la Ligue nationale, car dans ma vie, il n'y a que le hockey qui compte. À cet instant précis, un déclic se produit dans ma tête. Je m'assois en sursaut. Je viens d'avoir une révélation. Et si la coupe Stanley était magique? Comme la lampe d'Aladin!

3

Revoir la coupe Stanley

Moi, Julien, détective et chasseur de mystères, je viens de découvrir la plus probable raison de mon succès.

Je ne peux pas attendre jusqu'au petit-déjeuner. Je saute de mon lit et, rapide comme l'éclair, je me précipite dans celui de mes parents. J'interromps la lecture de mon père. Je ne comprends toujours pas pourquoi il continue de lire. Il n'a plus à obéir à son professeur depuis longtemps! Mes parents me regardent tout surpris.

— Papa, papa, est-ce que je peux revoir la coupe Stanley?

— Hum, répond-il tout simplement.

— Papa?

J'insiste. L'heure est grave.

— Mais pourquoi veux-tu encore la voir, cette fameuse coupe? Tu ne l'as pas assez observée? Et puis tu as causé suffisamment de problèmes comme ça. Tu sais, l'accès est de plus en plus restreint depuis la visite de ton équipe. Tout ça a tourné en émeute, tu te souviens?[1]

— Mais papa, ce ne sera que moi et moi seul. Je ne le dirai à personne. Je te le promets; motus et bouche cousue!

D'un simple geste de la main, je fais semblant de fermer une fermeture éclair avec mes lèvres et de jeter la clé, ce qui provoque le fou rire de ma mère.

---

[1] Voir La coupe Stanley, Éditions du Phoenix, 2009.

— Mais pourquoi diable l'aimes-tu tant, cette coupe?

J'en reste bouche bée. Pourquoi tant idolâtrer la coupe Stanley? Quelle question.

— La coupe Stanley est…

— Ça va, ça va, interrompt mon père, je la connais cette histoire. Tu me l'as racontée de trop nombreuses fois.

— Mais papa…

Je m'arrête subitement. Dois-je lui dire la vérité? Devrais-je lui dévoiler ma découverte? Il rira de moi, c'est certain. Il ne me croira pas non plus. Devant mon hésitation, mon père poursuit.

— Donne-moi une bonne raison d'affronter mon patron et surtout les gardes de sécurité! Tu sais, j'ai failli perdre mon travail à cause de toi et de tes idées saugrenues.

— Papa, si je suis devenu le meilleur joueur de mon équipe, c'est à cause de la coupe Stanley!

— Rien que ça, répond-il le sourire aux lèvres. Puis il feint de continuer de reprendre sa lecture.

Il fait semblant de m'ignorer, je le sais. Je le connais bien, mon père. Il m'exaspère parfois. Je laisse échapper un long et bruyant soupir.

— Bon, explique-moi.

— Papa, lorsque j'ai vu la coupe la première fois, tu te souviens, les noms des joueurs du Canadien de Montréal avaient disparu.

— Comment l'oublier. C'est moi qui les ai fait réapparaître, comme par magie, en la nettoyant, car elle était tellement sale ! s'exclame-t-il tout en refermant son livre.

— La magie oui, c'est vrai ! Elle est magique, la coupe, comme la lampe d'Aladin !

Mon père a failli s'étouffer. Il se met à toussoter. Ma mère réprime un rire.

— Ce n'est jamais ennuyant avec toi, dit-elle !

— C'est vrai, je suis sérieux ! Vous ne me croyez pas ?

— Mais Julien, la magie n'existe pas ! La lampe d'Aladin non plus ! Ce sont des histoires pour enfants !

— La coupe est réelle, elle ! Et les noms avaient disparu et ils sont réapparus, car elle avait besoin de ses admirateurs et...

— Assez, assez, dit mon père. Et moi qui voulais faire de toi un grand scientifique... Tu crois à la magie et aux contes de fées, et tu préfères devenir joueur de hockey dans la Ligue nationale. En voilà un rêve irréaliste !

— Mais papa, lorsque j'ai vu la coupe la première fois et que j'ai mis mes mains dessus, tu te souviens ? Eh bien ! j'avais souhaité être un aussi bon joueur que Maurice Richard ou Jean Béliveau. J'ai rêvé avoir mon nom sur la coupe un jour.

Il lève les mains en guise de soumission.

— J'abandonne, oui tu peux venir avec moi au musée. Mais assure-moi que tu ne le diras à personne, cette fois.

— Promis, juré !

Je lui saute au cou, l'embrasse et le serre aussi fort que je le peux.

— Je devrai te faire entrer en secret, car depuis ta dernière visite, le directeur du musée ne sera peut-être pas si heureux de te revoir. Nous passerons par la porte de service. Incognitos !

— Incognitos !

— Et motus et bouche cousue, promis ?

— Promis !

4

Incognitos !

Toute la journée à l'école, je dois faire d'énormes efforts pour ne pas dévoiler ma découverte. Je brûle d'envie de tout raconter à mes amis. J'aimerais me vanter. Après tout, je viens de résoudre une énigme de plus, moi, Julien le chasseur de mystères. Tout ce mystère entourant mes nouvelles habiletés sur la glace devient clair comme de l'eau de roche. C'est si simple : on frotte la coupe Stanley et on fait un vœu !

Mais, comme le dit mon père, tout grand scientifique doit confirmer son hypothèse. Je dois donc vérifier et prouver ma théorie. Seulement après, je pourrai en dévoiler le secret. Il est difficile d'admettre que personne n'avait remarqué cet incroyable pouvoir qu'a la coupe. Peut-être que Lord Stanley le savait, lui. Croyait-il à la magie ? Lui a-t-il donné ses extraordinaires pouvoirs après quelque incantation aux paroles obscures ? Sinon, comment les a-t-elle obtenues, ses propriétés magiques? Tant de questions à résoudre, tant de réponses à trouver. Mais rien n'est à l'épreuve de Julien le chasseur de mystères.

Le lendemain matin, c'est le grand jour. Celui de la découverte. Le moment de vérité. Un secret total nous entoure, mon père et moi. Je ne tiens plus en place. Je vais enfin revoir la coupe Stanley!

Nous évitons les portes de l'entrée principale du Musée des beaux-arts de Montréal. Mon père se dirige vers celles de service, ce qu'il ne fait qu'en de très rares occasions. Pour cette aventure mémorable, je me suis habillé de noir. Mon père a malheureusement insisté pour que j'enlève ma cagoule. Il affirme que ce n'est ni utile ni nécessaire. Nous voilà enfin dans le ventre du monstre. L'antre de la bête qu'est ce gigantesque musée. Il me montre toutes les caméras de surveillance que je m'empresse d'éviter grâce à ma petite taille. Je me faufile tant bien que mal en tentant de contourner les autres systèmes de sécurité hautement sophistiqués.

J'avance discrètement dans ces lieux où aucun enfant n'a jamais mis les pieds. De toute évidence, personne à part mon père ne connaît ces passages secrets souterrains. Après maints détours sans avoir rencontré âme qui vive, au grand soulagement de mon père, nous arrivons enfin dans son laboratoire. La coupe Stanley est bien là, bien haut perchée sur la table de traitement. Je m'approche rapidement. Mon père m'arrête. Il doit tout d'abord désactiver le système de détecteur de mouvement. Ouf, dans ma hâte, j'ai failli déclencher l'alarme et créer de nouveaux problèmes pour mon père.

— Avant de t'avancer plus près, peux-tu m'expliquer ton plan ? me demande-t-il.

— Papa, c'est comme avec la lampe d'Aladin : si je frotte la coupe en même temps que je fais un vœu, il sera exaucé !

— Rien que ça ? Foutaise, dit mon père. Tu n'y crois pas vraiment, n'est-ce pas ?

— Mais si papa, tu verras.

— C'est bon, vas-y maintenant, tu peux y toucher.

Je viens respectueusement à la rencontre de cet objet aux proportions mythiques et je ferme les yeux. Pour confirmer ma théorie, je dois faire un souhait que je pourrai facilement vérifier. Je m'arrête et m'assois pour mieux réfléchir.

— Papa, tu peux m'aider à trouver un vœu, s'il te plaît ? S'il se réalise, tu n'auras pas d'autre choix que de me croire.

— Bonne idée ! s'exclame-t-il. Fais le vœu de…

Lui aussi doit faire une pause. C'est un moment important. Nous ne devons pas nous tromper.

— Voilà j'ai trouvé! Tu dois souhaiter faire le tour du chapeau lors de ta partie ce soir.

— Hum, un tour du chapeau. Difficile. Personne, même pas Finn, n'a réalisé cet exploit.

Je ferme à nouveau les yeux et je me concentre de toutes mes forces. Un tour du chapeau, trois buts, moi seul. Je me vois sur la glace.

Pendant que les images déferlent dans ma tête, mes mains caressent l'intérieur de la coupe. Je veux éviter d'effacer les noms de mon équipe préférée. J'espère que ça va fonctionner, car mon père m'oblige à porter des gants blancs afin de ne pas la salir. Les secondes s'écoulent inlassablement.

Je ne sais pas combien de temps je devrais laisser mes mains sur le trophée. J'ai oublié combien de temps je l'ai frotté lors de mon voyage à Toronto. Mon livre des *Mille et une Nuits* ne mentionne rien à ce sujet. Je crois qu'Aladin devait la frotter trois fois. C'est ce que je fais.

— Bon, tu as terminé ! dit mon père. Ça doit suffire, tu ne penses pas ?

Je ne sais pas. Pour plus de sûreté, j'ouvre les yeux et je fais trois tours de plus, afin de mettre toutes les chances de mon côté. Fier de moi et le sourire aux lèvres, je regarde mon père incrédule.

— Et moi qui voulais faire un scientifique de toi! répète-t-il en soupirant.

— Mais je le suis! Je vérifie ma théorie. Comme tu me l'expliques souvent. Ce soir, tu verras. Moi, Julien, le chasseur de mystères, je viens d'en résoudre un autre et je te le prouverai!

5

Le tour
du chapeau

Le soir même, dans le vestiaire, je me prépare à affronter l'équipe adverse, avec en plus un nouveau défi lancé par mon père : celui de faire le tour du chapeau. Normalement, je me serais affolé. Quelqu'un a beau être le meilleur, mais de là à marquer trois buts dans une seule partie, c'est tout un exploit! Maintenant, point de panique. Aucun stress. Je demeure d'un calme serein. Ce sera sans effort.

À moins que je ne me trompe. Ma mère me rappelle souvent que je suis têtu et qu'il n'y a rien à mon épreuve. Elle n'a pas tort. Lorsque je veux quelque chose, je l'obtiens. Je travaille. Je ne recule devant aucun sacrifice. Dans le cas présent, si j'ai raison, tout ira comme sur des roulettes. Grâce à la magie de la coupe Stanley, je réussirai. J'en suis convaincu. Je l'ai bien frottée et j'ai fait le vœu de faire un tour du chapeau, alors j'inscrirai trois buts. Voilà !

Plein de confiance, j'ose même en parler à mes coéquipiers. Sans leur dévoiler mon secret, bien entendu. Lorsque mon entraîneur entre dans la pièce et qu'il nous annonce son plan de match, je lui déclare tout bonnement que, ce soir, je ferai le tour du chapeau. Mes camarades se mettent à siffler.

— Rien que ça ! dit Finn.

— Et sans aide ! dit un autre.

— Tous pouffent de rire.

— Tu es devenu un bon joueur, Julien, mais ce n'est pas bien de se vanter ainsi ! explique mon entraîneur.

— Je ne me vante pas, c'est la vérité, vous verrez bien.

— Tu as l'air bien confiant, poursuit-il.

— Évidemment. J'ai une redoutable arme secrète.

Je n'ai pas le choix d'en dire davantage. Ils se moquent de moi. Lorsque je leur raconte ma théorie sur la magie de la coupe, mes camarades me sifflent de plus belle. De toute évidence, ils ne me croient pas. Je dois faire face à toute une série de lancers de projectiles. J'essaie en vain de leur expliquer, mais mes copains me ridiculisent encore plus.

— Magie, magie…, peut-on entendre soudainement dans la

pièce. Fais que la rondelle colle sur ma palette…

— Abracadabra, ce gant attrapera toutes les rondelles qu'il touchera ! s'écrie notre gardien, qui éclate lui aussi d'un rire incontrôlable.

— Moi, j'ai de la poudre de perlimpinpin, qui en veut?

— Moi, moi, moi aussi, répondent en chœur mes coéquipiers.

— Zim, Zalabim, Zalaboum, pouf! Bâton, bâton compte un but pour moi, veux-tu?

— Ha, ha, ha! Rira bien qui rira le dernier! Vous verrez, vous verrez!

Ma confiance demeure inébranlable, malgré toutes ces attaques en règle. Une fois le dos tourné, je verse tout de même une larme. C'est difficile d'affronter toute une équipe qui se ligue contre soi. J'ai le cœur gros.

— Julien, raconte comment la magie s'opère, me demande Finn.

Il a l'air sérieux.

— C'est comme la lampe d'Aladin, on la frotte et on fait un vœu. Ensuite, il s'exauce. C'est si simple.

— Et tu es retourné voir la coupe seulement pour la frotter ?

Il semble m'écouter attentivement. Il me croit. Puis il se met à rire si fort qu'il tombe sur le plancher, se tenant le ventre à deux mains. Heureusement, son rire est contagieux. Il détend malgré lui l'atmosphère qui pèse maintenant très lourd dans le vestiaire.

— Moi, si j'avais droit à un vœu, je voudrais recevoir des jeux vidéo, s'exclame-t-il.

— Moi, des centaines, non des milliers de dollars.

— Et moi, des millions.

— Je désirerais des tonnes de sucreries.

— Plus de devoirs, jamais.

— Ouais ! crient à l'unisson tous mes coéquipiers.

— Et moi, j'ai souhaité de faire le tour du chapeau !

Sur cette dernière déclaration, nous sommes tous sortis du vestiaire dans la joie et la bonne humeur.

Sur la glace, mes patins sont déchaînés. Je file à toute vitesse. Je suis partout à la fois. Je m'empare le premier de la rondelle et, sans surprise aucune, je fais un puissant lancer frappé et je marque le premier but de la partie. On me félicite, on crie dans les estrades.

La deuxième période est identique à la première. Tout se déroule comme prévu. J'inscris facilement un second but en déjouant le gardien. Les spectateurs m'acclament. Il ne faut pas que le succès me monte à la tête. À bout de souffle, je décide de m'asseoir. L'entraîneur me regarde. Il me dit :

— Ne quitte pas le banc, tu as besoin de repos.

— Pas question ! Comment vais-je réussir mon tour du chapeau ? Je dois rester sur la glace.

Je le supplie. Je cherche mon père du regard.

— Tu dois aussi permettre aux autres de jouer, m'explique-t-il. Prends le temps de souffler encore un peu. Ton tour va venir.

Exaspéré, je ne sais quoi répondre. Je dois faire confiance à la coupe. Finalement, à quelques minutes de la fin, je saute sur la glace. Je patine comme Latendresse, je déjoue comme le ferait Brière et, comme Crosby, je marque mon troisième but. Le tour du chapeau ! Je me laisse glisser sur les genoux, je lève mon bâton vers le ciel et je crie :

— Merci coupe Stanley !

6

Accès interdit

— Papa, tu as vu mes trois buts ? Vite, tu dois téléphoner au directeur du Temple de la renommée, tout lui raconter ! Il doit savoir. Il faut faire une conférence de presse, convoquer les journaux. Nous devons dévoiler au grand public cette merveilleuse découverte. Nous passerons à la télé et nous donnerons des entrevues et…

Je m'arrête subitement. Finalement, à bien y penser, je crois que je devrais plutôt garder secret cette extraordinaire trouvaille. Il ne faudrait surtout pas que les joueurs des Maple Leafs de Toronto l'apprennent. Par contre, je pourrais le dire aux joueurs du Canadien de Montréal. En utilisant sa magie, ils pourraient enfin la gagner, la coupe Stanley !

— Calme-toi, me dit mon père. Bien sûr, tu as enregistré trois beaux buts et je te félicite !

— Tu me crois, maintenant ?

Mon père demeure très sérieux.

— Julien, il n'y a pas de magie. Tu voulais tellement marquer un but. Tu as tout fait pour y réussir, c'est tout !

— Mais papa, c'est toi qui as choisi le vœu et il s'est exaucé !

— Je sais, mais ça ne prouve rien.

— Moi, j'y crois. Que dois-je donc faire pour te convaincre une fois pour toutes ?

— Rien ! s'exclame-t-il. La coupe n'est pas magique, c'est tout. J'ai hâte que tu vieillisses un peu et que tu arrêtes ces enfantillages !

— Mais papa… j'ai d'autres souhaits à faire. Je veux revoir la coupe ! La caresser…

— De toute façon, je ne peux pas, même si je voulais, car elle quitte bientôt mon laboratoire. J'ai fini mes traitements et elle retourne à Toronto. De là, elle commencera son long périple à travers les musées du Canada.

Le lendemain matin, horriblement déçu, je pars pour l'école. Finn s'approche. Il me croit, lui, depuis ma fulgurante réussite d'hier. Il veut à tout prix frotter la coupe lui aussi.

— Alors Julien, quand est-ce que je peux la voir, cette incroyable coupe Stanley ? s'enquit-il sans gêne. Moi aussi, j'ai un vœu à faire !

— Mon père ne nous laissera jamais retourner dans son laboratoire. Pas après la dernière visite de l'équipe. Toute cette histoire a très mal tourné pour moi. Heureusement, tout s'est bien terminé, car je sais pourquoi les noms du Canadien de Montréal avaient disparu.

— Demande-lui de faire une exception, il comprendra.

— Il ne croit même pas à sa magie ! Il est trop sérieux. Les adultes en général ne croient plus en la magie. Trouvons une autre solution.

— Nous n'avons qu'à y aller sans ton père ! me répond-il sans rire.

L'idée est complètement folle ! Mais elle me plaît. À l'instant même, nous nous donnons rendez-vous le dimanche suivant vers cinq heures. Notre but : entrer par infraction dans le musée. Par la suite, nous rendre au laboratoire de mon père et caresser la coupe pour qu'elle exauce nos vœux les plus chers. Pour faciliter la réussite de notre plan, je prends la carte passe-partout codée de mon père. Ce n'est pas compliqué, elle est toujours épinglée sur son veston. Par précaution, je m'habille de noir et, cette fois, je porte ma cagoule. Mon ami Finn fait de même. Nous devons être très prudents, agir comme de vrais espions. Nous ne sommes pas de vulgaires voleurs, après tout. Nous sommes en mission.

— On ne touche à rien, on ne vole rien et, surtout, on ne brise rien. Compris ?

— Compris.

Il nous est interdit de nous trouver ici. Je n'ose même pas penser ce que ferait mon père s'il nous prenait au piège. Mais on ne fait rien de mal et, heureusement, je connais tous les systèmes de sécurité et comment éviter les caméras de surveillance.

— Moi, lorsque je frotterai la coupe, je ferai le souhait de jouer dans la Ligue nationale. C'est sûrement ma première et dernière chance de la toucher. Mon père a terminé ses traitements. La coupe part en voyage dans les prochains jours. J'aurais bien voulu lui prouver qu'elle est magique. Je ne veux pas en rater l'occasion, si c'est mon dernier vœu.

— Toi Finn, quel est ton désir le plus cher?

Finn hésite. Il me regarde.

— Tu peux garder un secret? Je ferai le vœu de…

Il fait une pause pour me faire languir.

— De jouer dans la Ligue nationale, moi aussi! Nous pourrons faire partie de la même équipe.

Nous éclatons de rire tous les deux.

Sur cette surprenante révélation s'amorce notre aventure. Je glisse la carte de mon père tout en retenant mon souffle. Fin prêt, j'ouvre la porte qui nous mène vers notre rêve.

À pas feutrés, nous nous faufilons dans les dédales des corridors souterrains du musée tel que je l'ai fait précédemment avec mon père. On évite soigneusement de faire du bruit. Cet endroit est un peu lugubre, malgré la lumière. Des néons blanc vif éclairent notre route. Finn s'en réjouit, car il a peur dans le noir. Il dort encore avec une lampe de chevet allumée. Quel bébé !

De gros tubes servant à la ventilation quadrillent le plafond. Cet endroit est un vrai labyrinthe. J'ai heureusement une excellente mémoire des lieux. Nous tournons à droite, prenons un corridor vers la gauche, montons un escalier. On ouvre facilement chacune des portes grâce à la carte à puce qui, comme prévu, fonctionne à merveille. Finalement, après de longues minutes, nous nous trouvons devant celle du laboratoire. Un panneau indique clairement :

**Laboratoire de conservation
et de restauration**

Accès interdit

— C'est ici ! Tu es prêt ? On doit faire vite. On entre, on frotte la coupe trois fois, on fait nos vœux et on sort d'ici au plus vite.

— Compris !

La porte à peine entrouverte, nous constatons que quelque chose cloche.

Toute une déception

La coupe Stanley n'est pas sur la table de traitement! Quelle déception! Pire, sans nous en rendre compte, nous avons, par mégarde, déclenché le système de détection de mouvements à infra-rouge. Quelle horreur! Quelle malchance! Sans attendre une seconde de plus, nous nous éloignons au pas de course vers la sortie. Le bruit de la sirène d'alarme est infernal ! Finn se met à pleurer. Il a terriblement peur. Moi aussi. Heureusement, nous réussissons à déguerpir du musée sans nous faire attraper.

Le lendemain, lorsque mon père dépose son journal, je peux lire :

TENTATIVE DE VOL AU MUSÉE DES BEAUX-ARTS DE MONTRÉAL

Des gens de petite taille ont tenté de voler la coupe Stanley. Leur identité reste à déterminer. Il semble que les voleurs étaient bien mal informés. La coupe Stanley avait déjà quitté le musée pour commencer son périple...

Sur la première page, tout à côté de l'article, une photo en noir et blanc attire mon regard. Il s'agit bel et bien de Finn et de moi. Par bonheur, nos cagoules empêchent de nous identifier ! J'observe mon père. Il a tout deviné, je le sais. Je crains une terrible punition ou encore une abolition de tous mes privilèges. Peut-être même pire. Mon père me regarde d'un air sévère.

— Ta mère et moi avons à te parler, Julien. Va dans ta chambre pour y réfléchir un peu. Je te rejoins dans dix minutes. J'aimerais que tu décides toi-même de ta sanction.

Les yeux baissés, je me dirige vers ma chambre.

J'ai tout énuméré. Pas de dessert ni de télévision pour une semaine. Sortir les ordures ménagères, ranger ma chambre. Mais tout ce que je mentionnais restait insuffisant. Alors, j'ai vraiment dit ce qui me répugnait le plus. Faire la vaisselle et passer le balai pendant une semaine. Mes parents ont accepté.

Finn et moi devrons être très patients avant de savoir si notre vœu de jouer dans la Ligue nationale se concrétisera ! J'offre tout de même à mon copain de frotter ses mains contre les miennes. Il reste peut-être un peu de magie dessus, car moi, j'y ai touché à cette fameuse coupe Stanley ! Sinon, Finn devra trouver la lampe d'Aladin ou, mieux encore, espérer et croire en ses prouesses au hockey. Moi, j'espère avoir encore la joie de caresser la coupe pour augmenter mes chances de réaliser mon rêve de la Ligue nationale. Compte tenu de ce que j'ai fait, je devrai attendre longtemps pour ça.

Aujourd'hui, et je le sais de source sûre, la vraie coupe Stanley ne voyage plus ! Selon moi, c'est à cause de ma découverte. Ce n'est pas une coïncidence, mais bien une conspiration. Je crains que les noms des joueurs du Canadien de Montréal ne disparaissent à nouveau par manque d'admiration. La coupe Stanley demeure maintenant fermée sous clé, dans une vitrine en plexiglas. Évidemment, sous bonne garde, dans un coffre-fort, au Temple de la renommée. S'il fallait que les partisans des Maple Leafs de Toronto apprennent son secret...

TABLE DES MATIÈRES

1. Un nouveau mystère   7
2. Et si la coupe Stanley
   était magique ? 13
3. Revoir la coupe Stanley . . 23
4. Incognitos ! 33
5. Le tour du chapeau 43
6. Accès interdit 55
7. Toute une déception 67

Marc Couture

Marc habite Gatineau, dans la région de l'Outaouais, où il enseigne aux élèves du primaire. Fort d'une imagination débordante, il ressent le besoin de raconter des histoires aux enfants. Il se décide finalement à écrire ses propres textes.

Marc nous présente son sixième roman, *La magie de la coupe Stanley* et continue les aventures de Julien commencées dans *La coupe Stanley*, un roman qui a connu un grand succès.

Nadia Berghella

Je suis une gribouilleuse professionnelle ! Une Alice au pays des merveilles, une gamine avec un pinceau et des ailes... Donnez-moi des mots, une histoire, un thème ou des sentiments à exprimer. C'est ce que je sais faire... ce que j'aime faire ! De ma bulle, j'observe la nature des gens. Je refais le monde sur du papier en y ajoutant mes petites couleurs ! Je sonde l'univers des petits comme celui des grands, et je m'amuse encore après tout ce temps ! Je rêve de continuer à faire ce beau métier, cachée dans mon atelier avec mes bas de laine et de l'encre sur les doigts.

www.nadiaberghella.com

Achevé d'imprimer
en avril deux mille douze, sur les presses
de l'imprimerie Gauvin, Gatineau, Québec